DISCOVRS PRONONCÉ

DANS

L'ACADEMIE FRANCOISE,

à la reception de M. l'Evesque de Condom,
Précepteur de Monseigneur le Dauphin,
le 8. Juin 1671.

Par M. CHARPENTIER.

Monsieur,

Aprés avoir remporté les applaudiſſemens de
toute la France par vos celébres Prédications;
aprés avoir eſté élevé à la premiére dignité de
l'Egliſe par le concours de la puiſſance Royale,
& de l'autorité du Saint Siége ; aprés avoir
merité le choix de noſtre Auguſte Monarque
pour l'éducation du premier Prince de toute la
Terre ; aprés , dis-je , tant d'évenemens écla-
tans qui vous comblent de gloire de tous coſtez :

A

aviez-vous encore quelque chofe à fouhaiter ?

Cependant, MONSIEUR, voftre arrivée en ce lieu-cy, qui apporte vn fi grand ornement à la Compagnie; ces paroles obligeantes qu'elle a ouïes de voftre bouche; cét agréable épanoüiffement de cœur & de vifage que vous luy faites paroiftre, marquent bien que vous avez regardé l'occafion prefente, comme la matiére d'vne nouvelle joye qui vous eftoit offerte ; & que vous avez voulu ajoûter le nom d'Académicien aux titres fublimes d'Orateur Chreftien, d'Evefque, & de Précepteur de Monfeigneur LE DAUPHIN.

Vous ne nous furprenez point, MONSIEUR, par cette penfée, qui ne fait que confirmer ce que la voix de la Renommée avoit déja publié de voftre merite. Vous juftifiez par là voftre bonne fortune; & cét amour déclaré des bonnes Lettres fait connoiftre évidemment vne des caufes de voftre profperité auprés d'vn Roy fi éclairé, & qui fe plaift à diftribuer les plus grandes recompenfes aux plus vertueux. Il n'eft pas malaifé de croire, qu'vn homme qui a paru avec autant d'éclat que vous avez fait, MONSIEUR, ait de la doctrine & de l'éloquence; il n'eft pas malaifé de croire qu'avec ces talens il s'éleve aux premiéres places : mais qu'aprés avoir acquis tant de reputation & de dignité, il fe

faſſe encore vn honneur d'entrer dans nos exercices Academiques, c'eſt ce qui n'eſt pas aiſé
de croire, parce que peu de gens ſont capables
de ces genereux ſentimens, & de cette nobleſſe
d'ame.

Il en faut aſſeurément beaucoup. Il faut beaucoup d'élevation d'eſprit, & en meſme temps
vn grand diſcernement, pour enviſager la
beauté de l'Etude ſous le Dais & dans les Ba-
luſtres. Il regne parmy le grand Monde je ne
ſçay quelle contagion de faſte & d'orgueïl, qui
combat étrangement la ſimplicité de la Philo-
ſophie; & quiconque peut conſerver dans ſon
cœur l'eſtime qu'on en doit faire parmi tant
d'objets qui ſemblent en inſpirer le mépris,
peut s'aſſeurer qu'il eſt au deſſus des opinions
vulgaires, & que ſa raiſon eſt victorieuſe de
l'erreur.

C'eſt ſans doute la connoiſſance de la verité, & l'amour du bien qui mettent de la di-
ſtinction entre les hommes. La Cour a ſon Peuple, auſſi bien que la Ville. La Pourpre couvre
quelquefois des ames baſſes ou mediocres; &
ce n'eſt point la ſplendeur de la naiſſance, ny la
grandeur des emplois, ny l'abondance des ri-
cheſſes, qui font les hommes extraordinaires.
Tous ces avantages veritablement ne ſont pas
inutiles; mais ce ne ſont pas ceux ſur qui rou-
le la felicité, ny d'où ſe tire la veritable loüan-

ge. Le merite perfonnel , ce merite qui trouve
en foy-mefme fa récompenfe, & qui n'en voit
point au dehors de fi élevée où il n'ait droit de
prétendre , eft quelque chofe de plus excellent
que les grandeurs & que les richeffes. Mais
c'eft vn bien qui fe trouve rarement , & fi
rarement , qu'il femble que le Ciel foit pro-
digue de tous les autres biens à comparai-
fon de celuy - cy dont il eft tres-avare. Cela
veut dire, qu'il eft plus aifé de faire vne grande fortune , que d'eftre vn parfaitement honnefte homme, parce que la fortune fe peut prefenter par mille voyes differentes ; au lieu que
ce merite perfonnel, qui fait l'honnefte homme,
ne fe peut acquerir, ny fe conferver qu'en culti-
vant fon ame par les belles connoiffances , &
en faifant vne profeffion continuelle de la vertu.
De façon que celuy qui prend ce foin de luy-
mefme ; qui au milieu des grandeurs en eftime
moins la poffeffion, que ce qui l'en rend digne;
qui en tout temps, en tout âge, en tout eftat,
s'efforce de fe conferver par l'exercice ces excel-
lentes habitudes, qui s'évanouïroient peut-eftre
par la negligence, de mefme que les Arts s'ou-
blient faute de les pratiquer, doit eftre confi-
deré comme vn homme que le Ciel a liberale-
ment & pleinement pourveû de cette qualité fi
précieufe, de ce merite fi eftimé & fi rare. Je
n'oferois, MONSIEUR, en voftre prefence

faire l'application de cette verité fur voftre perfonne, mais je fuis tres-affeuré que l'action que
vous venez de faire ne fera point oubliée parmi
vos éloges.

   L'Eglife a toûjours eû des Prélats, qui n'ont
pas moins attiré de veneration fur eux par l'éminence de leur fçavoir, que par la majefté de leur
Sacerdoce. Le grand S. Bafile, S. Gregoire de
Nazianze, S. Auguftin, S. Ambroife, Synefius
Evefque de Cyrene, le Patriarche Photius,
Eufebe l'amy de Pamphile, & mille autres,
ont efté l'admiration de leurs fiécles ; & l'obligation immortelle que les ftudieux ont aux ouvrages de ce dernier, fait que nous avons pref-
que oublié fon herefie, ou que nous ne nous
en fouvenons que pour déplorer fon malheur.
Vous marchez, MONSIEUR, fur les pas de ces
illuftres Evefques de l'antiquité ; & pour vous
trouver des veftiges plus frais, vous marchez
fur les pas de l'incomparable Cardinal de
RICHELIEU noftre premier Protecteur, qui
nous a affemblez, qui nous a obtenu les premieres graces royales, & qui nous auroit laiffé
vn regret éternel de fa perte, s'il n'avoit eû
pour fucceffeur MONSEIGNEUR LE
CHANCELIER, qui par fa conftante affection
envers l'Academie, l'a maintenuë, l'a aggrandie,
l'a honorée. Vous marchez fur les pas du fameux Cardinal du Perron, des Bembes, des

Sadolets, des Bentivoles, & des autres ornemens
du Sacré Collége, qui ont creû qu'il ne leur
eſtoit pas moins glorieux de ſe parer de l'immortelle verdeur des lauriers du Parnaſſe, que
de ſe diſtinguer par l'éclat éblouïſſant de la
Pourpre Romaine.

Que n'attend point de vous la France? Que
n'attend-elle point de ces nobles mouvemens
de voſtre ame, dans l'employ où vous eſtes auprés de ce jeune Prince, qui fait aujourd'huy
l'eſperance de l'Eſtat, & qui doit vn jour en
faire la felicité?

Tandis que ſon Pere, tout brillant de l'éclat
de ſes victoires & de ſes vertus, viſite ſes Fron-
tiéres, aſſeure ſes Conqueſtes, affermit ſes Al-
liez, & diſſipe les nuages que l'envie ou l'inju-
ſte frayeur peuvent élever contre ſa juſte proſperité; c'eſt ſur vous qu'il ſe repoſe de l'inſtru-
ction de ce cher fils, & à qui il confie le ſoin
de l'introduire dans les Myſteres des Muſes,
ſans le ſecours deſquelles on trouve quelque
choſe à dire dans la fortune des plus grands
Princes. Une fonction ſi importante, & qui
vous rend ſi neceſſaire auprés de ſa Perſonne
Sacrée, ne nous permet pas de croire que nous
puiſſions ſouvent jouïr de voſtre preſence; mais
elle ne nous deffend pas d'eſperer que nous fe-
rons ſouvent preſens à voſtre memoire, & quelquefois meſme à vos entretiens; & que vous

inſpirerez à ce jeune Heros les bons ſentimens qu'il doit avoir pour vne Compagnie qui ne ſouhaite que ſa gloire, & qui va bientoſt s'employer à la répandre par toute la Terre. J'oſerois répondre, MONSIEUR, que vous en vſerez de la ſorte. Monſeigneur LE DAUPHIN n'apprendra point que ſon illuſtre Précepteur ait voulu entrer dans cette Compagnie, ſans en concevoir en meſme temps vne haute idée ; & vous ne rencontrerez point vne ſi favorable diſpoſition dans ſon eſprit, ſans en meſme temps l'appuyer, & la fortifier. Le bonheur de l'Academie nous a donné voſtre eſtime ; c'eſt à vous, MONSIEUR, à nous donner celle de Monſeigneur LE DAUPHIN ; & ainſi il ſe trouvera que cette heureuſe journée, en nous procurant vn Confrere auſſi illuſtre que vous, nous aura procuré l'appuy d'vn Prince auſſi puiſſant que voſtre Royal Diſciple.

A PARIS,

Par SEBASTIEN MABRE-CRAMOISY,
Imprimeur du Roy.

M. DC. LXXI.

DISCOURS

PRONONCE'

A L'ACADEMIE

FRANÇOISE

PAR M. DAUCOUR

le jour de sa Reception.

A PARIS,

De l'Imprimerie de PIERRE LE PETIT, Imprimeur &
Libraire ordinaire du Roy, & de l'Academie Françoise,
ruë S. Jacques à la Croix d'Or.

M. DC. LXXXIII.

'AVEC PRIVILEGE DE SA MAJESTE'.

*Le Lundy 29. Novembre 1683. l'Acade-
mie Françoise estant assemblée au Louvre, dans une seance publique,*

JEAN BARBIER DAUCOUR *a dit* :

ESSIEURS,

Permettez-moy de vous dire, que n'ayant
jamais rien tant souhaité que l'honneur de
prendre la place que vous m'avez fait la grace de m'accorder dans vostre illustre Assemblée ; jamais aussi je n'ay esté plus affligé que
du malheur qui m'a empesché jusqu'icy de
profiter d'un si grand avantage.

Ce retardement qui est un effet de ma douleur, doit vous convaincre, MESSIEURS,
qu'elle a esté extrême : mais vous sçavez d'ailleurs qu'elle ne pouvoit pas estre moindre,

* A ij

puis que vous en connoiſſez la cauſe, & que
dans la perte que j'ay faite, toutes les Academies des Arts & des Sciences ont perdu un
ſage Mecene, qui avoit pour elles une eſtime
& une affection particuliere.

Je ſuis perſuadé, MESSIEURS, qu'aprés
les honneurs publics que vous avez rendus à ſa
memoire ; je ne ſçaurois mieux ſuivre voſtre
intention, ny entrer plus favorablement dans
cette illuſtre Compagnie, qu'en vous parlant
de ce grand homme, qui en a eſté un des
principaux ornemens.

Tout ce qu'il y a de grand dans le Royaume en parle aujourd'huy, & nous repreſente
l'importance de la perte que nous faiſons.

Si l'on regarde la gloire de la France, & la
proſperité de ſes armes ; C'eſt luy qui for-
mant ſa conduite ſur la ſageſſe du Roy, trou-
voit les moyens de payer & d'entretenir des
Armées toûjours victorieuſes.

Si l'on conſidere l'ordre admirable de la police dans toutes ſes parties ; l'air devenu plus
pur par la netteté des ruës ; la nuit preſqu'-
auſſi claire que le jour ; la ſeureté publique dans
la ville & à la campagne, au lieu qu'autrefois
à peine on eſtoit en ſeureté dans ſa maiſon ;
C'eſt luy qui par ſon application à executer
les ordres du Roy, a fait cet heureux change-
ment, que tant d'autres Miniſtres avant luy

avoient toûjours promis de faire.

Si l'on jette les yeux sur la pompe & la magnificence des Maisons Royales ; si on les trouve toutes remplies de ces meubles precieux qui representent avec tant d'éclat aux Ambaffadeurs de tous les Rois du monde , la Grandeur & la Majesté de l'Estat. C'est luy qui excité par l'amour que le Roy a toûjours eu pour les beaux Arts , les a fait fleurir dans ce Royaume , & l'a rendu riche en toutes sortes d'excellens Ouvrages & de sçavans Ouvriers ; estant certain qu'il y en a plus aujourd'huy dans la France que dans tout le reste de l'Univers.

Ce grand homme n'avoit pas plus de plaisir que de voir travailler tous les Arts , à immortalizer la gloire des grandes actions du Roy. Il vouloit mesme que la grandeur incroyable de ses actions fust en quelque sorte marquée par la grandeur prodigieuse des marbres qu'il faisoit tailler pour les representer. Et c'est dans ce dessein que depuis quelques années il employoit toute la force & la hardiesse de l'art à former un groupe de figures colloffales , si prodigieusement grand que l'antiquité n'a rien vû de pareil , & ne luy peut rien comparer que la grandeur imaginaire du dessein de ce fameux Sculpteur qui offrit à Alexandre de luy faire sa statuë d'une montagne toute entiere. A iij

Mais ce fidelle Miniftre a porté fon zele encore plus avant. Et n'eftant pas fatisfait d'a-
voir gravé en cent manieres differentes les victoires de fon Roy, fur le marbre & fur les me-
taux; Il a voulu encore, pour ainfi dire, écrire
fon augufte nom jufque fur le front des étoiles par les fçavantes obfervations Aftronomi-
ques qu'il a fait faire, & qui portant le nom
de Loüis comme celles qui portent le nom de
de Cefar, ferviront de loy à toutes les nations
de la terre, à caufe de leur extrême juftefse;
De forte qu'il fera dit à la gloire de la France, fuivant l'intention de ce grand homme,
que les François donnent des loix à tous les
peuples du monde, ou par la force de leurs
armes, ou par la force de leur genie.

Tant de grandes chofes fi avantageufes à
l'Eftat, & en tant de manieres differentes,
font les effets d'une vertu encore plus grande
& plus rare : Je veux dire de cette fidelité
incorruptible & incomparable avec laquelle il
a manié les finances pendant plus de vingt
années. Il eft le premier qui ait trouvé le fil
de ce labyrinthe; Il eft le feul qui ait eu le cou-
rage d'en chafser les monftres qui s'y eftoient
retirez; la fraude, l'ambition, le peculat.
Il l'a fait avec un travail & une conftance qu'on
ne fçauroit jamais reprefenter; & au lieu de
ces faux détours où l'on s'égaroit à chaque pas;

au lieu de ces sentiers obscurs, où l'on perdoit
le jour à chaque moment; il a ouvert de grandes routes qui découvrent par tout, & laissent
voir le plus beau & le plus riche Domaine
qu'il y ait dans le monde.

Le Roy mesme y est entré, & ce fidelle Ministre luy a fait voir des choses qu'aucun des
Rois ses predecesseurs n'a jamais veu; le fonds
& le secret des Finances. Ce qui doit estre
compté parmi nos triomphes, & comparé à
nos plus grandes conquestes; estant certain
que l'ordre establi dans les Finances du Roy,
vaut davantage à la France, que la conque-
ste des Indes ne valut jamais à l'Espagne.

Par cet ordre admirable des Finances, qui
est une imitation de la sagesse du Roy, ce
grand homme qui les a maniées a pû y trouver les moyens de soustenir pour la gloire de
l'Estat des dépenses ausquelles on ne sçauroit
penser sans étonnement. Des armées de deux
cens mille hommes qui portoient par tout la
pompe & l'abondance, aussi bien que la terreur & la victoire : Ces immenses Fortifica-
tions qui font comme autant de montagnes
artificielles qui entourent tout le Royaume;
Ce nombre prodigieux de Vaisseaux qui com-
mandent toutes les mers : Ces Arsenaux & ces
Magasins de guerre que les estrangers ne sçau-
roient regarder sans frayeur ; Ces Bastimens

qu'on voyoit s'élever avec une magnificence
& une promtitude qui tenoit de l'enchante-
ment ; Ces lieux de plaisance où l'on trouve
toutes les sortes d'arbres, de plantes, & d'a-
nimaux que la nature ne sçauroit produire
qu'en des climats tout differens ; Ces sçavan-
tes Academies où se forment tant d'excellens
hommes dans tous les beaux arts ; Ces royales Manufactures, où la soye, l'argent, l'or,
& les pierreries sont la matiere d'une forme
qui est encore infiniment plus precieuse. Avec
cela les charges ordinaires de l'Estat, les frais
des Ambassades & des Negotiations, les ga-
ges des Officiers, les gratifications des gens
de Lettres, que la liberalité du Roy va cher-
cher jusques dans le fond du Nort. Toutes
ces choses subsistoient avec une magnificence
digne de l'Empire du monde, par les soins
de ce grand homme, qui a fait ainsi un sacrifice perpetuel de sa vie à la gloire de son Prince, & à la grandeur de l'Estat. Sacrifice heureux ! mais que je puis aussi appeller sanglant,
par toutes les peines & les fatigues qu'il a
souffertes. Jamais homme n'a travaillé avec
tant de force, tant de constance, tant d'ex-
pedition. Tout son Ministere n'a esté qu'une
action continuelle, sans distinction de jour
& de nuit. Le sommeil n'entroit que dans
ses yeux, & jamais dans son cœur ; ses pau-
pieres

pieres fe fermoient , fa main ceffoit d'écrire ;
mais fon efprit ne ceffoit point de travailler.
Et combien de fois ay-je eu l'honneur de re-
cevoir de luy avant le jour, des ordres dont la
fuite , le nombre , & le détail faifoient voir qu'il
y avoit penfé toute la nuit. Pourquoy faut-il
que des hommes d'un merite fi rare foient fu-
jets au fort commun de tous les autres ? Et
pourquoy la durée de leur vie n'eft-elle pas
au moins proportionnée au nombre des grandes actions qu'ils ont faites ? Je fçay bien que
c'eft par une jufte loy de la Providence ; mais
cependant quand je vis tout d'un coup cette
grande lumiere éteinte , & ce grand mobile
arrefté , mon eftonnement fut extréme ; & je
me trouvay faifi d'une douleur qui ne m'a pas
laiffé la liberté de me prefenter pluftoft devant vous. Il eft vray , MESSIEURS , qu'elle
eft caufe aujourd'huy que j'y parois avec moins
de timidité ; & j'avouë qu'ayant à parler à
une Compagnie toute compofée des plus éloquens hommes qui foient dans la republique
des Lettres , fi je n'avois pas eu l'efprit plein
de douleur, je l'aurois eu tout plein de crain-
te ; Et je ne puis encore fans trembler , pen-
fer à l'obligation où je me trouve de vous faire un remerciment qui devroit meriter par fa
beauté & fon élegance la faveur que vous
m'avez faite de m'accorder la place de cet il-

B.

luftre Academicien qui s'eft rendu celebre par
fes livres d'Hiftoire , & qui a travaillé avec
tant d'application au grand ouvrage de voftre
Dictionnaire.

Je connois trop , MESSIEURS, la grandeur de ce bienfait pour entreprendre d'y répondre par un difcours ; mais puis qu'il ne
m'eft pas permis de me taire , je ne parle-
ray feulement que pour montrer par quelques-
uns des avantages de voftre illuftre Academie,
qu'au moins je conçois parfaitement combien eft grand l'honneur d'y eftre affocié.

Je ne m'arrefteray point à y confiderer les
premieres & les plus hautes dignitez du Royaume qui en relevent encore le merite ; je paffe
tous ces titres d'honneur pour dire que c'eft
une affemblée d'Efprits choifis , qui travaillent à mettre noftre langue dans fa derniere
perfection. Et comme après la raifon , qui eft
l'effence de l'homme rien ne luy eft fi propre
ny fi utile que la parole fans laquelle la raifon mefme ne fçauroit fe faire connoiftre ; Je
dis, MESSIEURS, que l'application que
vous donnez à polir & à perfectionner cette
parole eft un des plus importans ufages de la
raifon, & qui contribuë davantage à la gloire & à la profperité des Eftats.

Nous voyons en effet que de toutes les nations de la terre il n'y en a point eu de plus

heureufes ny de plus renommées que celles
qui ont eu fur les autres l'avantage de bien
parler. Et quand nous regardons les Grecs
& les Romains , ces deux peuples autrefois
les plus florissans comme les plus éloquens de
l'Univers , il femble que leur éloquence ait
efté la regle & la mefure de leur profperité.
Car enfin parmi les Grecs, ces fameufes villes qui ont furpaffé toutes les autres en fplendeur, les ont auffi furpaffées en éloquence.
Et parmi les Romains , l'heureux fiecle d'Augufte n'a pas moins efté le comble de l'éloquence Romaine, que le comble de la grandeur & de la majefté Romaine.

Mais on ne s'eftonnera pas de cette liaifon
du bien public avec l'éloquence , fi l'on con-
fidere que c'eft l'éloquence qui recompenfe le
plus magnifiquement ceux qui travaillent pour
le bien public ; rien n'eftant comparable à
cette glorieufe immortalité qu'elle donne , &
qu'elle feule eft capable de donner.

Car il eft vray, MESSIEURS, (& c'eft ce
qu'on ne peut affez admirer) qu'il ne s'eft
trouvé jufqu'icy que la feule force d'une parole éloquente qui ait pû furmonter les efforts
du temps , & fe défendre de la neceffité de
perir. Tout ce que les Arts ont fait durant
les premieres Monarchies, eft entierement détruit ; l'Empire des Grecs & des Latins eft

aneanti depuis plufieurs fiecles ; mais l'Empire des Lettres Grecques & Latines fubfifte encore aujourd'huy, & s'eftend par toute la terre.

Voilà, Messieurs, quelle eft la gloire que produit cet Art de parler dont voftre Academie fait profeffion ; une gloire qui n'eft bornée, ni par les temps, ni par les lieux, & dont la beauté immortelle a toûjours efté le plus cher objet des plus grands Heros, & de ceux mefme qui ont fait la conquefte du monde.

J'en prens à témoin Alexandre & Cefar, qui tous deux ont efté fi touchez, ou pluftoft fi tranfportez de l'amour de cette gloire, qu'on peut dire que tout ce qu'ils ont fait de grand & de merveilleux, ils ne l'ont fait que pour elle.

Qui ne fçait que la paffion qu'Alexandre avoit que fon Hiftoire fuft bien écrite, eftoit une paffion fi forte & fi violente qu'il en pleura publiquement fur le tombeau d'Achille en s'écriant: O Achille, que vous eftes heureux d'avoir efté loüé par Homere ! Et une autre fois eftant fur les bords de l'Hydafpe, dans la nuit & dans l'orage, il s'écria encore: O peuple d'Athenes, à quels perils je m'expofe pour meriter que tu me loües ! Tant il eft vray, que ce qu'il defiroit davantage dans la conquefte du monde,

c'eſtoit cette gloire qui eſt l'ouvrage de la parole.

Mais en cela Ceſar n'a pas moins fait qu'A-
lexandre; & il avoit tant de paſſion que la
poſterité leuſt ſon Hiſtoire, qu'il a voulu eſtre
luy-meſme le Heros & l'Hiſtorien; & nous a
laiſſé dans une admirable pureté de ſtyle cette excellente Hiſtoire de ſes guerres, qui eſt
aujourd'huy le ſeul reſte de toute ſa grandeur.
Il écrivoit regulierement chaque nuit ſes exploits de chaque jour, comme s'il n'euſt entrepris de les faire que pour avoir la gloire
de les écrire. Et auſſi quand il ſe jetta dans
la mer pour éviter une conjuration qui eſtoit
ſur le point d'eſtre executée, il ne penſa qu'à
ſes Commentaires, les tenant toûjours d'une
main, & nageant de l'autre; bien moins pour
ſauver ſa vie, qui demandoit qu'il nageaſt des
deux mains, que pour ſauver ſon Hiſtoire,
qui ne luy permettoit de nager que d'une ſeule.

Combien donc ces deux grands Empereurs
auroient-ils eſtimé & cheri une Academie
comme la voſtre, qui leur euſt aſſuré la poſ-
ſeſſion de cette gloire qu'ils aimoient ſi paſ-
ſionnément?

Combien auroient-ils loüé la ſage politique d'avoir aſſemblé tant de ſçavans hommes,
pour travailler de concert à former une ſolide & veritable éloquence, qui eſt le plus ri-

che trefor du public ; puis que c'eſt le feul où
il peut prendre de quoy recompenſer tant de
braves hommes dont la valeur eſt au deſſus de
toutes les recompenſes , & qui les ont meſme
toutes mépriſées en voulant bien perdre la vie
pour le ſervice de l'Eſtat ?

Mais ce n'eſt pas là tout ce qu'on doit at-
tendre de voſtre Academie ; Et ſi elle encou-
rage & recompenſe les grands hommes qui
défendent l'Eſtat par les armes , elle peut encore en former d'auſſi grands qui le défen-
dront ſans armes. Car , n'eſt-ce pas ce qu'a
fait une infinité de fois, & dans les Conſeils
& dans les Negotiations , cet art de parler
dont vous eſtes les Maiſtres ? Et n'a-t-on pas
vû en divers temps un homme ſeul , étranger,
defarmé & ſans autre ſecours que de la parole,
vaincre un puiſſant Monarque au milieu de
ſes Eſtats , & luy enlever tout d'un coup ſes
armées , ſon eſtime & ſa protection ?

Joignons à cette éloquence des Miniſtres &
des Ambaſſadeurs celle des Hiſtoriens , des
Orateurs & des Poëtes. Ce ſont de tous les
Eſprits ceux qui ont plus de diſpoſitions na-
turelles pour former une Academie comme
la Voſtre , & ce ſont auſſi les meilleurs & les
plus conſiderables ſujets de la ſocieté Civile.

On ſçait que les Orateurs & les Poëtes ont
eſté les premiers Politiques du monde. Ce

font eux qui ont civilifé les hommes , qui les
ont retiré des forefts , qui ont adouci leurs
mœurs , qui leur ont apris à vivre en focieté ; qui enfin ont efté les premiers fondateurs
des Eftats , comme les Hiftoriens en ont efté
les premiers obfervateurs. Et on peut dire auffi
que les excellens Ouvrages des uns & des autres , outre l'honneur qu'ils font à leur Nation,
font encore ceux dont la Politique peut tirer
de plus grands avantages.

L'hiftoire eft comme un confeil perpetuel
de guerre & de police , où toutes les affaires
publiques font traitées , où les plus fortes ve-
ritez font écrites , où les Rois mefmes font jugez , & reçoivent les noms de honte ou de
gloire qu'ils ont merité , & qu'ils portent
dans toute la fuite des fiecles ; ce qui eft en
politique d'une importance & d'une confe-
quence infinie.

Le Theatre d'ailleurs qui eft le principal
fujet de la poëfie eft auffi une des plus fages,
& des plus heureufes inventions de la Politique pour fe rendre maiftre de l'efprit des peuples. Car le difcours y eftant foûtenu par les
fpectacles dont le peuple a toûjours fait fes dé-
lices ; il eft aifé de luy infpirer par cette voye
tous les fentimens qu'il doit avoir ; L'amour
de la patrie , la fidelité envers les Rois , l'o-
beïffance aux Magiftrats , la bonne foy avec

tous les particuliers ; De forte que le Theatre est comme une Ecole publique où le plaifir mefme enfeigne la vertu. Et il ne refteroit que peu de chofe à y reformer pour faire qu'on ne l'accufaft plus d'eftre contraire à la Religion ; puis que la vertu morale qu'il infpire eft déja une difpofition naturelle à la vertu Chreftienne ; ce qui a fait dire à un des plus fçavans Peres de l'Eglife, que les honneftes gens eftoient naturellement Chreftiens.

Je ne dois pas m'étendre icy davantage fur ce fujet, & c'en eft affez pour dire qu'une Affemblée comme la voftre, qui eft toute compofée de perfonnes illuftres ou en poëfie, ou en hiftoire, ou en quelque autre genre d'eloquence, eft fans doute, une des plus politiques & des plus celebres Affemblées que le monde ait jamais veu, & dans laquelle fe trouvent les Maiftres des peuples, les Confeillers des Rois, les Gouverneurs des Princes, & plus encore, les difpenfateurs de cette gloire qui eft l'ambition des plus grands Heros, & le plus beau prix que la vertu puiffe trouver hors d'elle-mefme.

Il eftoit donc bien jufte, MESSIEURS, que le deffein d'établir une telle Compagnie fuft conceu & formé par le plus grand Miniftre que la France ait jamais eu. Une idée auffi belle ne pouvoit pas manquer d'eftre dans l'efprit

prit du grand Cardinal de Richelieu avec
celles de tant d'évenemens heroïques ; puis
que l'amour de la vertu eſt naturellement uni
avec le deſir de la gloire ; & que rien n'appro-
che tant du merite de faire les grandes actions,
que l'avantage de les bien écrire.

Mais comme il eſt glorieux à l'Academie
Françoiſe d'eſtre l'ouvrage de ce puiſſant Genie,
qui donnoit le mouvement à toute l'Europe;
Il ne luy eſt pas moins glorieux à luy-meſme
d'en eſtre le premier Auteur. Car outre que
c'eſt une ſeureté publique pour l'immortalité
de ſon nom ; C'eſt encore une illuſtre preuve
de la ſublimité de ſes lumieres qui luy faiſoient
voir dans l'avenir, que ſes grands deſſeins pour
la France ſeroient un jour executez, & qu'il vien-
droit un temps heroïque dont les merveilles
ne trouveroient jamais aſſez d'Hiſtoriens , de
Poëtes , & d'Orateurs.

Ce temps eſt venu, MESSIEURS, & ce qui
eſt encore pour vous un ſingulier avantage,
c'eſt que le Heros qui fait ce temps admirable, doit ſa naiſſance au meſme Roy à qui
voſtre Academie doit la ſienne : Comme s'il
eſtoit de l'ordre de la Providence, que l'heureux Prince qui a eſté le Pere de Loüis le Grand,
à la gloire duquel cent Academies ne ſuffi-
roient pas , fuſt au moins le Fondateur &
l'Inſtituteur de la voſtre. Il ſemble auſſi qu'il

C

euſt manqué quelque choſe au titre de Juſte
que ce meſme Prince a merité par tant de vertus , s'il n'euſt pas fondé une Academie qui
exerce la plus belle partie de la juſtice , puis
qu'elle rend à la vertu heroïque la gloire immortelle qui luy eſt deuë.

C'eſt peut-eſtre auſſi par cette meſme raiſon qu'un illuſtre Chancelier, qui n'eſtoit pas
moins le Chef de la Juſtice par la grandeur
de ſon merite que par l'éminence de ſa charge, reçut l'Academie Françoiſe avec amour,
& la logea dans ſon Palais, qui eſtoit le premier Tribunal du Royaume. Heureux préſa-
ge , qu'elle devoit un jour approcher du trô-
ne , & loger dans cette auguſte maiſon de
nos Rois , où elle eſt depuis pluſieurs années
par la faveur incomparable du plus grand
Roy qui fut jamais.

C'eſt là, MESSIEURS, le comble de gloire pour l'Academie Françoiſe, (& ce le ſe-
roit pour le monde entier) que Louis le Grand
s'en ſoit declaré le Protecteur ; & qu'il ait bien
voulu prendre pour elle un nom qui ne mar-
que pas moins de bonté que de puiſſance.

Que vous eſtes heureux, MESSIEURS,
de pouvoir appeller voſtre Protecteur, celuy
que toutes les bouches de la Renommée ap-
pellent le Vainqueur des Rois, le Maiſtre des
Mers , l'admiration de toute la Terre. Que

ne puis-je vous reprefenter les heroïques vertus qui luy ont merité ces noms glorieux qu'il
porte feul entre tous les Rois du monde! C'eft
par là que je me rendrois digne de la grace
que vous m'avez faite, & que j'acheverois
parfaitement l'éloge de l'Academie Françoife,
en faifant voir toute la grandeur de fon Augufte Protecteur. Souhaits inutiles, autant
qu'agreables, vous ne ferez jamais accomplis!
parce qu'il eft de la nature de toutes les chofes qui font extrêmement grandes de ne pouvoir eftre reprefentées.

Mais comme il n'y a point de veuë affez
forte pour découvrir toute l'eftenduë de la
mer, & qu'il n'y en a point auffi d'affez foi-
ble pour ne pas voir qu'au moins c'eft la mer.
De mefme on peut dire que les plus fublimes
Genies ne fçauroient jamais exprimer toute la
grandeur du Roy; mais que les plus mediocres efprits peuvent toûjours en marquer affez
pour montrer au moins que c'eft luy, & pour
le diftinguer de tous les autres Rois de la
terre.

J'oferay donc, MESSIEURS, dans cette
penfée, vous nommer feulement quelques-unes
des grandes actions qui rempliffent tout fon
regne, & qui en font un fiecle auffi merveilleux que le fiecle mefme des fables.

Quelle nation n'a point efté eftonnée du

bruit, de l'éclat, du nombre, & de la rapi-
dité de ses victoires ? Tant de villes prises
en moins de temps qu'il n'en faudroit pour
en lever les plans ! Mais encore quelles villes ? Il ne faut que les nommer pour jetter la
terreur dans les esprits. Dole , Besançon ,
Nimegue, Mastric, le Fort de Schink, Saint-
Omer , Lisle , Valencienne , Cambray , &
cent autres dont la moindre pouvoit soûtenir
un siege de plusieurs années. Le Roy les a
toutes prises en moins de trois Campagnes ,
renversant tous les remparts , surmontant
tous les obstacles , passant à la nage les plus
grands fleuves, & prevenant toûjours la Renommée par des coups aussi promts que les
coups de foudres, où le feu paroist toûjours
avant le bruit ; de sorte que la plusjpart des
villes estoient prises, avant qu'on pust seulement sçavoir si elles estoient assiegées.

Voilà , MESSIEURS, ce que toute l'Europe a vû ; mais la posterité le croira-t-elle ? Y
aura-t-il une éloquence qui puisse persuader ce
que cette valeur a pû faire ? Et une gloire si
grande n'aura-t-elle point le mesme effet qu'u-
ne trop grande lumiere qui obscurcit au lieu
d'éclairer ? C'est à vous, MESSIEURS, avec
cet Art de la parole où vous excellez ; de donner de la vray-semblance à ces estonnantes ve-
ritez; & peut-estre sera-t-il necessaire d'en di-

minuer l'éclat pour n'en perdre pas la creance.

En quoy il faut avoüer que la gloire de Louis eſt bien au deſſus de celle d'Alexandre ; puis que ce vainqueur de l'Aſie fit répandre ſur les bords du Gange des armes beaucoup plus grandes que la taille naturelle des hommes, afin que par cette fauſſe grandeur il puſt faire paroiſtre ſes exploits plus grands & plus dignes de la poſterité : au lieu que les exploits du Roy ſont ſi grands par eux-meſmes, que pour faire que la poſterité les croye, il faudra peut-eſtre les amoindrir. Et ſi elle ne jugeoit que par eux de la force & de la taille des ſoldats dont il s'eſt ſervy, elle ne s'imagineroit pas moins que des geans, & n'auroit que des idées d'enchantemens & de metamorphoſes; rien n'eſtant plus propre à fonder le merveilleux de la fable, que la verité d'une Hiſtoire, telle que le paſſage du Rhin à la nage, la priſe de Maſtric en treize jours, & celle de Valencienne en une heure.

Il en eſt de meſme de cette fameuſe & triple Alliance dont il a rompu le nœud, plus fatal ſans doute que cet autre, au denoüement duquel les anciens Oracles diſoient que l'Empire du monde eſtoit attaché.

Je ne m'arreſteray point à tant d'autres exploits qu'il a faits par la ſeule force de ſon nom prononcé au milieu de ſes armées. En Hongrie où il a sauvé l'Allemagne de la tyrannie des Infidelles ; En Sicile où il a brûlé devant Palerme une Flotte qui estoit la plus belle esperance des ennemis ; En Barbarie où les Pirates d'Alger qui se vantoient de tenir toutes les mers captives, sont eux-mesmes enchaisnez & foudroyez dans leur ville, qui sera bientost leur tombeau, s'ils ne reçoivent la paix & la vie aux conditions qu'il voudra leur imposer.

Mais ce qui est encore audessus de tout ce que je viens de dire, & ce qui fait sans doute le comble de la toute-puissance d'un Monarque, c'est la promte & incroyable soûmission de Strasbourg. Cette ville si jalouse de sa prétenduë liberté, & si fiere par la force terrible de ses ramparts & de son canon, estoit regardée de toute l'Europe, & se regardoit elle-mesme comme devant servir d'une borne eternelle entre la France & l'Allemagne ; Mais le Roy dont la puissance n'est plus bornée que par sa justice, ayant consideré que cette place luy appartenoit par un Traité de Paix, & ne voulant point troubler cette paix par le bruit des armes, il a seulement prononcé : Que Strasbourg se soûmette, & Strasbourg s'est soûmis. Puissance plus qu'humaine ! & qui ne peut estre comparée qu'à celle qui en creant le monde, a dit : Que la lumiere soit faite, & la lumiere fut faite.

Il faut l'avoüer, MESSIEURS, jamais
Potentat fur la terre n'a porté fi haut la Majefté royale. Et en quelque eftat que ce Prince puiffe eftre, quoy qu'il faffe ou qu'il ne
faffe pas, il paroift toûjours avec une grandeur infinie. S'il parle, c'eft une parole effe-
ctive qui femble produire les chofes mefmes
qu'elle fignifie; S'il ne parle pas, c'eft un fi-
lence qui eftonne, & dans lequel on fçait bien
que fe forme le deftin des Eftats. S'il fait la
moindre démarche, fon action donne le mouvement à toute l'Europe; s'il n'en fait aucu-
ne, fon repos tient tout l'Univers en fufpens.
Enfin quoy qu'on regarde en luy, parole, fi-
lence, mouvement, repos, tout y eft grandeur, gloire, puiffance, authorité.

Mais ce qui merite encore deftre admiré parmy toutes ces merveilles également vifibles &
incroyables, c'eft la moderation du Heros qui
les a faites, c'eft de voir qu'aprés tant de grands
événemens il foit auffi peu emeu que s'il ne
luy eftoit rien arrivé d'extraordinaire, & comme s'il avoit un cœur à qni il fuft auffi naturel
de vaincre, qu'il eft naturel aux autres de ref-
pirer. Combien une fi rare moderation nous
fait-elle voir que fon ame eft grande & ele-
vée ? Car puis qu'elle eft capable de concevoir
toutes fes voictoires & fes triomphes, fans qu'el-

le en ſoit plus emeuë, ce ne peut eſtre qu'à
cauſe de ſa grandeut infinie ; De meſme que
la Mer reçoit tous les Fleuves ſans en eſtre
plus enflée, à cauſe de ſon immenſe eſtenduë.

Il ne faut donc pas s'eſtonner ſi dans une
ame ſi grande & ſi haute il ſe ttouve des vertus qui ſont encore audeſſus de cette valeur,
& de cette puiſſance dont les coups prodigieux
ont eſtonné tous l'univers. Et en effet avoir
rendu la Bourgongne pour ne pas manquer à
ſa parole, c'eſt plus que de l'avoir conquiſe en
huit jours d'hyver. Avoir ſauvé Valencienne
du pillage & de la violence des ſoldats ; c'eſt
plus que de l'avoir emportée dans une heure.
Avoir offert & donné la paix à des ennemis
cent fois vaincus, c'eſt plus que de leur avoir
cent fois enlevé la victoire.

Mais comment pouvoir dire tant d'autres
actions qui rendent ſon regne incomparable,
& qui valent plus encore que la priſe des villes & que le gain des batailles ?

Comment repreſenter ſon admirable aſſiduité dans ſes Conſeils, une aſſiduité auſſi re-
glée que le lever & le coucher du ſoleil, une
aſſiduité telle qu'on peut dire, qu'il n'y a point
d'Officier dans le royaume qui ait plus d'at-
tachement à faire ſa charge ; Puiſque meſme
dans le temps des plaiſirs, & lors que toute
la Cour eſt au theatre, ce Prince eſt retiré
dans

dans son Cabinet où il pense & prepare les causes de ces grands desseins que nous ne connoissons que par leurs heureux evenemens.

Comment exprimer son amour pour la Justice, ce divin amour qui est l'unique Loy de ceux qui sont au dessus des Loix ; & qui a tant d'empire sur luy, qu'il l'a obligé en plein Conseil de juger contre luy mesme. Heureux jugement où le Roy preferant les interrests des ses Sujets aux siens propres, nous donne lieu de redire aujourd'huy ce qui fut dit autrefois à la gloire de l'Empereur Titus : Que jamais la cause du Prince n'est mauvaise, que lors que le Prince est bon. Disons donc pour reconnoistre la souveraine bonté d'un si grand Prince, que la perte volontaire d'un procés luy est plus avantageuse que le gain de plusieurs batailles ; Qu'il en sera parlé avec plus d'honneur dans toute la posterité ; Que c'est une action vraiment royale, n'y ayant que le Roy seul, qui puisse juger contre le Roy ; Et que cette sorte de victoire luy est d'autant plus glorieuse, qu'elle est toute entiere à luy, & qu'il ne la partage point comme les autres avec ses Capitaines & ses soldats.

Jamais on ne peut assez loüer de telles actions, qui sont en effet les plus illustres aussi bien que les plus saintes, parce que leur éclat n'est point terni par le sang ny par les larmes;

D

& que c'eſt un bien tout pur & ſans aucun meſlange de mal. L'Egliſe meſme les loüera éternellement, & élvera ſur cette pierre ſolide que l'enfer ne peut deſtruire, de ſacrez monumens à la Pieté & à la Religion du Roy, pour avoir fait de ces actions ſi ſaintes, & ſi dignes de la Majeſté tres-Chreſtienne.

Pour avoir aboli le duel qui eſtoit toûjours condamné & toûjours triomphant.

Pour avoir enchaiſné ce demon à qui une fauſſe idée de gloire ſacrifioit le plus beau ſang du Royaume.

Pour avoir détruit cette funeſte erreur dans l'eſprit de ſes ſujets, en leur monſtrant par ſes actions en quoy conſiſte la veritable gloire.

Pour avoir donné la paix à l'Egliſe aprés des troubles de vingt années, d'autant plus dangereux que la cauſe en eſtoit inconnuë & incertaine.

Pour avoir nourri & ſauvé ſon peuple dans le temps d'une famine mortelle.

Pour avoir retiré de captivité un nombre infini de Chreſtiens qui gemiſſoient dans les priſons des Infidelles.

Enfin pour avoir eu toutes ces divines vertus, qui le font autant aimer de ſes ſujets qu'il eſt redouté de ſes ennemis, & qui luy donnent un Empire auſſi grand que l'Univers, Car il eſt vray que cet Auguſte Prince regne generalement fur tous les hommes , ou par le droit de fa naiſſance , ou par la tereur de ſes armes , ou par l'admiration de ſes vertus.

Je n'oſe , Messieurs , entrer plus avant dans un ſujet de loüanges qui eſt infini , je ſens que tant de grandeur , de gloire & de Majeſté commence à jetter de la confuſion dans mes penſées, & je ne pourrois pas empeſ-cher qu'il n'en paruſt dans mes paroles , ſi je ne finiſſois tout d'un coup en vous proteſtant, Messieurs , que je conſerveray toûjours pour la grace dont vous m'avez honoré une parfaite reconnoiſſance dans un cœur tout plein d'eſtime , de reſpect & de ſoumiſſion pour voſtre illuſtre Compagnie.

Pour Monsieur l'abbe huet

de la part de ſon tres humble et tres obeyſſant Serviteur

Baucour

DISCOURS

PRONONCÉ AU LOUVRE
le 2. May 1684.

PAR Mʀ L'ABBÉ DE LA CHAMBRE,
Directeur de l'ACADEMIE FRANÇOISE

A LA RECEPTION

DU SIEUR DE LA FONTAINE,

EN LA PLACE

DE FEU MONSIEUR COLBERT,

Ministre & Secretaire d'Etat.

Monsieur,

L'ACADEMIE FRANÇOISE n'avoit pas encore essuyé ses larmes sur la mort de la Reine, perte la plus sensible qu'elle pouvoit jamais faire, puisqu'elle l'a partagée avec son Auguste Protecteur ; qu'elle s'est veuë presqu'aussi-tost replongée dans une nouvelle affliction, en regretant un Ministre qu'elle a toûjours regardé comme son support & son appuy.

Elle a encore esté depuis frappée d'un coup bien funeste dans la personne du plus ancien de la Compagnie, sans compter qu'elle avoit déja changé ses lauriers en cyprés par le retranchement d'un de ses principaux Officiers que la mort luy a ravi.

Tellement que cette année a esté pour elle une année de deüil & d'affliction par la triste & fatale conjoncture de tant de funerailles ; & elle ne ressentit jamais coup sur coup tant de surcharges de déplaisir & de douleur.

Jugez, MONSIEUR, combien elle doit estre sensible à la joye qu'elle a de vous posseder aprés tant d'agitations & de tempestes, puifque vous luy faites quitter fes habits de deüil, & qu'elle commence à reparer fes pertes par une acquifition nouvelle, qui luy plaift d'autant plus, qu'elle en a fait tout d'un temps une autre tres-confiderable, telle que la Compagnie doit fouhaiter d'en faire toûjours de pareilles & pour fon utilité particuliére, & pour l'attente du Public, à qui elle eft comptable de fon choix.

L'ACADEMIE reconnoift en vous, MONSIEUR, un de ces excellens Ouvriérs, un de ces fameux Artifans de la belle Gloire, qui la va foulager dans les travaux qu'elle a entrepris pour l'ornement de la France, & pour perpetuer la memoire d'un Regne fi fecond en merveilles.

Elle reconnoift en vous un genie aifé, facile, plein de delicateffe & de naïveté, quelque chofe d'original, & qui dans fa fimplicité apparente & fous un air negligé renferme de grands threfors & de grandes beautez.

Si ma profeffion ne m'avoit point fevré de bonne heure des douceurs de la Poëfie, fi j'eftois plus verfé dans la lecture de vos Fables, j'en ferois icy des éloges proportionnez à leur merite.

A vous dire le vray, MONSIEUR, nous avions befoin d'un bon Sujet pour adoucir les

amertumes d'une feparation auffi douloureu-
fe à noftre égard, qu'eft celle de Monfieur
Colbert, auquel vous fuccedez. Nous avions
befoin de quelque Illuftre qui le remplaçaft,
pour nous aider à nous confoler de la perte
d'un Confrere, dont la memoire nous fera à
jamais chere, dont les bontez ne s'effaceront
jamais de nos cœurs.

Vous devez, MONSIEUR, l'oublier moins
que perfonne : Car je fuis en droit de vous
dire avec toute l'autorité que ma Charge me
donne (Charge que le fort qui ne fut jamais
plus aveugle m'a impofée bien loin de mes
defirs, & qui convenoit mieux à tout autre
dans une Reception comme celle-cy) Vous
devez, dis-je, MONSIEUR, vous fouvenir
fans ceffe de celui dont vous occupez la place, pour remplir parfaitement vos devoirs, &
pour fatisfaire aux obligations que vous con-
tractez indifpenfablement en prenant feance
dans cette Affemblée, aujourd'huy que vous
entrez en focieté avec nous.

Il a aimé paffionnément les belles Lettres,
il a aimé avec autant d'ardeur les beaux Arts,
il a aimé le travail jufqu'à l'excés ; & il a
rapporté ces trois chofes à la gloire de fon
Prince. Il s'en eft fervi comme d'autant d'in-
ftrumens & de moyens pour porter le nom de

noſtre invincible Monarque à ce haut faiſte de grandeur où nous l'admirons, & où nous le perdons ſi ſouvent de veuë.

Ne ſont-ce pas là, MESSIEURS, toutes les qualitez requiſes dans un veritable Academicien François : N'eſt-ce pas là tout noſtre employ & toute l'occupation de noſtre vie.

Car ſi le travail en general diſtingue l'homme des animaux preſque autant que la parole, puiſqu'il eſt le ſeul qui travaille dans quelque veuë particuliere pouſſé par un autre motif que celuy de la neceſſité : travailler pour la gloire du Prince, conſacrer uniquement toutes ſes veilles à ſon honneur, ne ſe propoſer point d'autre but que l'éternité de ſon nom, rapporter là toutes ſes études : Voilà l'ame & la vie de nos exercices. Voilà ce qui nous diſtingue de tous les autres gens de Lettres. Voilà ce qui nous met au deſſus de l'envie. Voilà le comble de noſtre joye. Malheur à nous, ſi nous y manquons.

Ne comptez donc pour rien, MONSIEUR, tout ce que vous avez fait par le paſſé. Le Louvre vous inſpirera de plus belles choſes, de plus nobles & de plus grandes idées que n'auroit jamais fait le Parnaſſe. Songez jour & nuit que vous allez doreſnavant travailler ſous les

yeux d'un Prince qui s'informera du progrés
que vous ferez dans le chemin de la Vertu,
& qui ne vous confiderera qu'autant que vous
y afpirerez de la bonne forte. Songez que ces
mefmes paroles que vous venez de prononc-
er, & que nous infererons dans nos Regiftres,
plus vous avez pris peine à les polir & à les
choifir, plus elles vous condamneroient un
jour, fi vos actions fe trouvoient contraires; fi
vous ne preniés à tafche de joindre la pureté des
mœurs & de la doctrine, la pureté du cœur
& de l'efprit, à la pureté du ftile & du langa-
ge, qui n'eft rien, à le bien prendre, fans l'autre. Les Payens mefme en font convenus.

Que fi un grand Capitaine étranger difoit
il n'y a pas long-temps, Qu'il envioit le bonheur de la Nobleffe Françoife accoûtumée à
combattre fous un Prince belliqueux, témoin
oculaire, fpectateur affidu de fes fervices:
Qu'il n'avoit jamais pû arriver là, quelques
Sieges qu'il euft faits, quelques batailles qu'il
euft données: Que c'eftoit la feule chofe qui
manquoit à fa fortune: Et qu'il mourroit con-
tent, s'il lui eftoit arrivé de mettre une feule
fois l'épée à la main fous les yeux de fon Maiftre: Quelle plus glorieufe récompenfe peut jamais efperer un homme de Lettres, que d'eftre
admis dans ce facré Palais, fous la protection

du plus grand Roy du monde, à l'ombre de
ſes palmes & de ſes lauriers.

Le voilà encore lui-meſme une autre fois
en perſonne à la teſte de ſes armées, à la veil-
le de faire de nouvelles moiſſons dans le champ
de la Gloire. Pourrions-nous demeurer ſim-
ples ſpectateurs ? Pourrions-nous languir dans
une molle & laſche oiſiveté, pendant que
noſtre Chef, noſtre Pere & noſtre Maiſtre ſe
montre toûjours de plus en plus infatigable
au travail, qu'il ſacrifie ſon repos, qu'il con-
ſume ſes plus floriſſantes années dans le rude
& penible meſtier de la Guerre, pour le bien
de ſon Etat, pour aſſeurer le repos de ſes Peuples ?

Non, MESSIEURS, une negligence ſi
criminelle ne nous ſera jamais imputée. Rien
de pareil n'eſt à craindre du Genie Academi-
que, tout brûlant d'ardeur pour SA MA-
JESTE', & qui ne reſpire qu'aprés les occa-
ſions de ſignaler ſon zéle.

Travaillons donc, MESSIEURS, à luy
faire de nouvelles couronnes. Preparons-nous
pour aller au devant de ſon Char. Soit qu'il
revienne Vainqueur ou Pacifique, il ſera toûjours Triomphant. Le paſſé nous eſt un bon
garant de l'avenir.

Toutes ſes démarches ſoit pour la Paix,

foit pour la Guerre, fe feront toûjours dans
un fentier éclatant & lumineux. Elles laiffe-
ront par tous les lieux de fon paffage une trace
continuelle de fplendeur & de lumiere auffi
durable que le chemin des Dieux de la Fable
marqué dans le Ciel. Cette Voye lactée, ce
chemin brillant formé de l'amas & du concours de tant d'étoiles, fait le fujet ordinaire
des obfervations des Aftronomes ; & les voyes
de LOUIS-LE-GRAND toutes marquées
d'un nombre infini de prodiges & de hauts
faits , feront l'objet éternel des regards ,
des acclamations & des applaudiffemens de
l'ACADEMIE FRANÇOISE.

A PARIS, De l'Imprimerie de GABRIEL MARTIN.